# Verführerisch

# gefangen

# Verführerisch gefangen

## Von Pia M. Bateham

(Triggerwarnungen auf der letzten Seite)

Bibliografische Information der Deutschen Nationalbibliothek:
Die Deutsche Nationalbibliothek verzeichnet diese
Publikation in der Deutschen Nationalbibliografie;
detaillierte bibliografische Daten sind im Internet
über http://dnb.dnb.de abrufbar.

1. Auflage 2024
Pia M. Bateham - Autorin
ISBN 978-3-757-88300-3


Herstellung und Verlag:
BoD – Books on Demand, Norderstedt

# Teil eins: Jagd

Das Spiel hatte begonnen. Die Verfolgung war in vollem Gange. Die Seelenfresser jagten uns, doch wir ahnten nicht, wie real die Gefahr wirklich war. Erst als ich sah, wie sie die Seele ihres ersten Opfers aufsaugten, wusste ich: Hier stimmt etwas nicht! Plötzlich brach Panik aus. Niemand wusste: Wer war Mensch, wer war Monster? Außer *denen*.

Ich rannte, versteckte mich, doch dieser Stimme in meinem Kopf entkam ich nicht. Sie war faszinierend, beängstigend, anziehend – sie hatte eine Ausstrahlung, der ich nicht widerstehen konnte. *Wem gehörte sie, und wo kam sie her?* Ich hatte keine Zeit, darüber nachzudenken. Ich musste hier weg.

Die Erste, die ich als eine von *denen* erkannte, war eine Frau mit schwarzen langen Haaren, ein Gesicht, so schön, dass es mir fast unmöglich war, sie anzusehen. Aber nur *fast*. Ich konnte plötzlich kaum wegsehen. Sie spürte, dass ich sie anstarrte, denn sie wandte den Kopf zu mir und schaute mich an. Sie lächelte. Kein freundliches Lächeln, aber es war auch nicht boshaft.

Es war … *wissend*.

In ihren Augen glitzerte etwas Geheimnisvolles, und ich fühlte mich in ihrem Bann gefangen. Mit eisernem Willen riss ich mich los und floh.

Die Treppe hinauf rannte ich an einem schreienden Mädchen vorbei, das von einem blonden Seelenfresser verschlungen wurde. Sein Schlund öffnete sich, und er saugte ihre Seele auf, während sie schreiend zu Boden glitt und verstummte. Ich musste mir merken, wie er aussah, denn nach dem Ritual waren sie von Menschen nicht mehr zu unterscheiden. Noch ehe er merken konnte, dass ich ihn beobachtete, rannte ich weiter die Treppe hoch, an einem Mann in meinem Alter vorbei. Wir starrten uns mit weit aufgerissenen Augen an. Überprüften, ob der andere einen fressen wollte. Schnell merkten wir, dass wir beide nur Opfer des kranken Spiels waren. Also rannten wir weiter, jeder in eine andere Richtung. Außer Atem zog ich mich am Geländer hoch und kam an der letzten Stufe an.

Immer wieder tauchte das Bild der Frau mit den schwarzen Haaren vor meinem inneren Auge auf. Ihr Lächeln, ihre dunklen Augen, deren Iris fast schwarz waren. Ich schluckte, schüttelte den Kopf und suchte nach einem Versteck. *Vielleicht übersahen sie mich ja.*

Erneut hörte ich einen Schrei und vermutete, dass es der Mann aus dem Treppenhaus war. Sie kamen näher. Plötzlich riss neben mir jemand die Tür auf, auf deren Klinke ich bereits meine jetzt erstarrte Hand gelegt hatte. Ein älterer Mann mit grauem Haar trat hervor. Sein zufriedener Blick verriet, dass er einer von *ihnen* war. Ich wartete nicht ab, was er tun würde. Er hatte mich gesehen und bereits als seine Beute auserkoren, das sah ich seinen gierigen Augen an.

Ein Gedanke durchzuckte mich: *Wenn mich einer von euch bekommt, dann die Frau mit den schwarzen Haaren!* Über meinen eigenen Gedanken erschrocken, stockte ich, taumelte und fiel beinahe hin. Von unten kam eine weitere seelenfressende Kreatur. Sie grinste mich böse an. Ich schubste sie beiseite. Schaute mich um. Ich war die letzte Überlebende. Ich war allein. Niemand würde mir zur Hilfe eilen.

Mit einem Schlag wurde mir bewusst: Das eben war nicht nur ein Gedanke gewesen. Es war ein *Wunsch*. Ich wollte, dass *sie* mich fraß. Als ich bemerkte, dass ich doch noch gestürzt war, rappelte ich mich auf. Hastig rannte ich umher und schubste zwei von ihnen beiseite, die es auf mich abgesehen hatten. Überall lauerte Gefahr. Sie kamen näher. Ich rannte zu der Stelle, an der meine Flucht begonnen hatte. Da stand sie. Exakt dort, wo ich sie verlassen hatte. Als hätte sie auf mich gewartet. Sie zischte etwas, und die anderen wichen für einen kurzen Augenblick zurück. Eine Armlänge vor ihr blieb ich stehen. Sie schaute mich abwartend an, und wieder lächelte sie wissend.

»Wenn mich einer von euch frisst, dann du«, flüsterte ich.

»Es wird nicht wehtun, versprochen.« Ihre Stimme strich wie eine Brise durch meinen Körper. Als würde sie Heilung versprechen. Meine Angst wich einer Ruhe, einem inneren Frieden. Ihre Hand berührte meine, und ein Sog ergriff mich und zog mich immer näher zu ihr. Es wurde schwarz um mich herum. Angst durchflutete meinen Körper, er wollte sich wehren, bäumte sich auf – dann verlor ich das Bewusstsein und starb.

# Teil zwei: Sehnsucht

Mit einem Keuchen erwachte ich und schnappte nach Luft. *Was zur Hölle war passiert?* Ich war verschlungen worden – wie konnte es sein, dass ich nun in einem Bett aufwachte? Verwirrt schaute ich mich um. Ein Hotelzimmer?

*Ich muss sie finden!*, schoss es mir durch den Kopf. Eine Sehnsucht ergriff mich. Ich wollte zu ihr, spürte Angst, erinnerte mich an das, was geschehen war. Ich war gefangen gewesen in einer alles verschlingenden Dunkelheit. Sie war beängstigend, erdrückend. Ich dachte, ich sei gestorben. Doch nun saß ich hier auf der Bettkante in einem Hotelzimmer.

Ich öffnete die Tür, nur einen Spalt weit, und lugte hinaus. Mir gegenüber öffnete sich ebenfalls eine Tür.

»Du bist doch der aus dem Treppenhaus«, flüsterte ich aufgeregt.

»Psst!«, zischte er mich an. »Sie schlafen ihren Rausch aus. Wir müssen gehen, solange wir die Chance haben! Hast du nicht die Notiz gelesen, die auf dem Nachtschrank stand?« Ich schüttelte den Kopf. Nein, die hatte ich nicht bemerkt. Ich drehte den Kopf. Tatsächlich, da war die Notiz. Ein Zettel aus dickem, schwerem Briefpapier, der in der Mitte gefaltet und hingestellt worden war. Ich holte ihn und las:

›*Danke, dass du mein Mahl warst. Du wirst dich, wenn du das Hotel verlässt, an nichts erinnern. Geh, solange wir schlafen, denn wenn wir erwachen, werden wir dich jagen, sobald unser Hunger wieder aufflammt.*‹

Ich spürte Galle aufsteigen und dachte, ich müsse mich gleich übergeben.

*Was für ein kranker Scheiß lief hier?*

Wenn ich nicht gewusst hätte, dass sie mich gefressen und ich die Veränderung meiner Seele gespürt hatte und wie sie meinen Körper verließ, hätte ich an einen perversen Psychostreich gedacht.

Plötzlich flammte ihr Bild vor mir auf. Diese verführerische, schlanke, fast übernatürlich schöne Figur. Dieses anmutige Gesicht. Diese Augen. Ihr Lächeln mit den weißen, strahlenden Zähnen. Ich biss mir auf die Unterlippe. *Wo war sie?*

Ich musste hier weg, wollte sie aber noch einmal sehen, auch wenn ich Angst hatte, *nur noch ein Mal!*

Ein Gefühl, das mich an Verliebtheit erinnerte, durchflutete mich, und mein Magen zog sich auf eine angenehm schmerzhafte Weise zusammen. Ich trat aus dem Zimmer, suchte den Ausgang. Wenn ich durch diese Tür ging, wäre der Spuk vorbei. *Bis ich ein anderes Mal auf ihre Einladung reinfalle,* schoss es mir durch den Kopf. Nein, so lange konnte ich nicht auf sie warten.

Ich drehte mich um und rannte in eine Frau hinein, die daraufhin schnell durch die Tür lief und plötzlich draußen stehen blieb. Ihre panischen, verängstigten Züge entspannten sich und sie ging mit ruhigen Schritten weiter. Ganz gelassen, als hätte sie einen Wellnessurlaub hinter sich.

»Wellnessurlaub!«, rief ich überrascht aus. »Deswegen war ich hier! Ich hatte eine Reise gewonnen!« Eiskalt fiel mir ein, warum ich überhaupt hergeflogen war. Es schüttelte mich. So suchten sie ihre Opfer, ehe sie die Türen verschlossen und über uns Menschen herfielen. Ich blieb verloren stehen, musste unbedingt zu ihr. Ein Strom von Menschen kam mir entgegen, der weiter anschwoll. Mit verstörten, angstverzerrten Gesichtern rannten sie dem Ausgang zu. *War ich die Einzige, die diese Sehnsucht verspürte?* Offensichtlich.

Plötzlich hörte ich eine Stimme. Ich drehte den Kopf. Wo war sie hergekommen? Sie sang. Ich sah mich um – niemand sonst schien sie gehört zu haben. Alle rannten auf den Ausgang zu. Der Gesang vernebelte meine Gedanken, mit einer hohen, weichen, sehnsuchtsvollen Stimme, die mich weiter zu sich zog. Dann verstummte sie. Ich schaute mich verzweifelt um. *Wo, verdammt, war sie hergekommen?* Wieder ertönte sie, immer noch nur in meinem Kopf. Ich konnte nicht herausfinden, wo sie herkam.

»Verflucht!«, schimpfte ich leise. Plötzlich griff eine Hand nach mir. Das blonde Mädchen, das als Erstes gefressen worden war, schaute mich an.

»Warum läufst du nicht weg?«

Ich starrte sie verständnislos an.

»Ich kann nicht«, hörte ich mich langsam sagen. »Ich muss sie finden!« Sie schüttelte verwirrt den Kopf.

»Hast du jemanden hier? Eine Schwester vielleicht, oder eine Freundin?« Ich schüttelte ebenfalls den Kopf.

Geschockt verstand sie, dass ich eine von *denen* meinte. Sie starrte mich an, als wäre ich verrückt geworden. Vielleicht hatte sie recht. Ich suchte eine Frau, die meine Seele gefressen hatte, unter einer Gruppe von Monstern, die uns verschlangen, als wären wir nur eine Nachspeise.

»Wie du meinst. Ich verschwinde von hier. Viel Glück, wobei auch immer!« Dann rannte sie durch die Tür, wurde langsam und ging entspannt ihrer Wege.

Würde ich Seelenfrieden finden, wenn ich sie vergaß? Nein, ich glaubte nicht. *Ich würde sie nicht vergessen.* Ich zuckte zusammen, ihre Stimme war wieder da. Sie rief mich. Nicht mit meinem Namen – allein ihr Gesang lockte mich zu ihr.

Das erste Mal, seit diese kranke Jagd begonnen hatte, sah ich Hotelpersonal. Ich erkannte den alten Mann mit dem grauen Haar wieder, der mich hatte fressen wollen. Er füllte, ohne den Blick zu heben, einen Zettel an der Rezeption aus und verschwand. Dann sah ich den Jungen, der das blonde Mädchen gefressen hatte. Eiskalte Angst durchflutete mich. *›Geh, solange wir schlafen, denn wenn wir erwachen, werden wir dich jagen, sobald unser Hunger wieder aufflammt.‹* Das hatte auf dem Zettel in meinem Zimmer gestanden. Die nächsten Gäste kamen bestimmt, dann würde eine neue Jagd beginnen, das ahnte ich. Doch wie lange hatte ich Zeit? Ein paar Stunden? Tage? Ich glaubte, mich erinnern zu können, dass ich schon einige Tage hier gewesen war, ehe das Spektakel begonnen hatte. *Aber wie lange genau?*

Die Stimme zog mich weiter, an der Rezeption vorbei, durch die Lobby zu einem dunklen Kinosaal. Ich erkannte ihn wieder. Das Hotel besaß ein kleines Heimkino, fiel mir ein. Ich hatte so vieles vergessen, wie in einem Traum, an den man sich nach dem Aufwachen nur Stück für Stück erinnern konnte.

Dort saß sie, in der ersten Reihe, und drehte sich zu mir um. Ihre Augen fesselten mich, ich blieb wie angewurzelt stehen.

»Was passiert mit mir?«

Sie legte den Kopf schief, starrte mich an und stand auf. Erneut hörte ich ihre Stimme, noch immer nur in meinen Gedanken.

›Warum bist du nicht geflohen?‹ Ihre Stimme war wie eine warme Sommerbrise. ›Du kannst gehen, du bist frei.‹

›Nein, bin ich nicht‹, schoss es mir durch den Kopf. Sie lächelte. *Hatte sie mich hören können?* Sie nickte.

›Ja.‹ Ihre weiche Stimme rauschte durch meinen Kopf. ›Ich höre, was du denkst. Aber nur bei dir.‹

»Warum?«, sprach ich meine Frage laut aus.

»Weil du dich für mich entschieden hast«, antwortete sie ebenfalls laut. »Du bist nicht geflohen, du hast dich entschieden, dass du zu mir willst, dass du meine Mahlzeit bist. Deshalb bist du hier. Du bist an mich gebunden, so wie ich an dich.« Sie schaute mich an und lächelte. »Faszinierend, ich spüre deine Angst, aber auch, dass du ...« – sie stockte und blinzelte – »mich *willst*? Du sehnst dich nach mir. Ich spüre dein Verlangen.« Ihre Augen füllten sich mit einem Glitzern.

›Oh ja – und wie! Ich will dich küssen! Du bist atemberaubend attraktiv!‹, schoss es mir durch den Kopf. Ich riss erschrocken die Augen auf. *Hatte sie das auch gehört?* Es war nur ein unvermittelter Gedanke gewesen. Sie lächelte verschmitzt und nickte. Ich wurde rot. Heiß und kalt lief es mir den

Rücken herunter. Egal, ich musste sie für mich beanspruchen. Sie gehörte *mir*! Erneut war ich erschrocken über mich selbst. Sie zog überrascht ihre Augenbrauen hoch.

›Dass jemand wie du gebunden wird, habe ich nur selten erlebt. Aber nie, dass es mit einer sexuellen Anziehung zusammenhängt. Normalerweise müsstest du wie ein Schoßhündchen an mir kleben, aber mich nicht verlangen‹, überlegte sie. Ich hörte sie es in meinem Kopf sagen und hoffte, niemand sonst würde es hören.

›Nein, sei unbesorgt. Nur du und ich sind durch dieses Band aneinandergebunden. Niemand sonst kann unsere Gedanken hören‹, beruhigte sie mich. Ich atmete erleichtert auf.

»Und was machen wir jetzt?«, fragte ich sie hilflos. Nur weil ich ein Verlangen spürte, eine Sehnsucht, hieß das nicht, dass ich keine Angst hatte. Würde sie mich wieder verspeisen und töten?

»Vermutlich. Aber du wirst es genießen. Zumindest teilweise. Nicht so sehr wie ich, aber es wird dir nicht wehtun. Du wirst Angst verspüren, aber es wird dir Befriedigung geben.«

Das beruhigte mich nicht wirklich. Ich kam einen weiteren, unsicheren Schritt auf sie zu. ›Sie ist so verdammt sexy!‹, schoss es mir erneut durch den Kopf. Ich wurde rot, aber es war mir nicht mehr so peinlich wie beim ersten Mal. *Sollte sie es doch hören!*

Sie war hier, um zu verschlingen, und ich war ihre Nahrung. Solange sie mich nicht verstieß, würde ich keine Schmerzen empfinden. Ich spürte heiße Lust in mir aufsteigen. Plötzlich wurde mir bewusst, dass ich nicht mal sicher war, ob sie gleichgesinnt war.

Sie lachte leise.

»Ja. Ich schlafe auch mit Weiblichen meiner Art. Aber nie hatte ich das Vergnügen, mir eine Menschenfrau zu nehmen.« Mir wurde schwindelig. Plötzlich musste ich weg. Ein Gedanke schrie in mir um Aufmerksamkeit.

*Sie ist ein Monster! Sie wird dich töten!,* schrie er. *Renn um dein Leben!* Es war mein Instinkt, der mir sagte, dass ich ein verdammt gefährliches Spiel spielte. Eines, das mich umbringen würde. Und dieses Mal vielleicht endgültig.

Hin- und hergerissen schaute ich zur Tür und wieder zu ihr. Ich musste fliehen, aber ich wollte auch in ihrer Nähe sein! Die Erinnerung an ihre betörende Stimme, als sie gesungen hatte, strich durch meinen Kopf. Zog mich zu sich, wie das Licht die Motte. Ich war die Motte, ich würde mich in einem Spinnennetz verfangen und gefressen werden. Und das nur, weil ich zum Licht fliegen würde.

*Verdammter Mist!*, schoss es mir durch den Kopf. Ich schloss müde die Augen. Ich wollte nicht sterben. Als ich in der Dunkelheit geschwebt war, hatte ich Angst gehabt. Panik hatte mich erfüllt, jede Faser meines Körpers hatte geschrien, sich gegen das Unweigerliche gewehrt. Bis ich aufgewacht war und wusste: *Ich musste zu ihr.*

»Komm mit«, sagte sie und ging an mir vorbei. Ich blieb stehen. Sie drehte sich zu mir um. »Was ist jetzt? Willst du gehen? Ich werde dich nicht festhalten. Aber ich werde auch nicht zuhören, wie du mich Monster nennst. Und ich werde nicht ewig hier in diesem Kino auf deine Entscheidung warten.« Sie ging, und die Tür fiel mit einem lauten Klacken ins Schloss.

»Warte!«, rief ich ihr hinterher und öffnete die Tür. Sie war weg. Der Flur war leer. Ich musste sie erneut suchen. Aus einer Tür des langen Flures kamen einige von *denen,* und ich lief unsicher an manchen vorbei, die ich in der Nacht hatte jagen sehen. Sie schauten mich verwirrt an. Voller Hunger, und ein Blitzen zuckte durch ihre Augen, als wollten sie sagen: Unser Nachtisch ist noch hier!

Plötzlich erschien sie am anderen Ende des Flures.

»Sie gehört mir! Jeder, der sie anrührt oder ihr auch nur ein Haar krümmt, bekommt es mit mir zu tun!« Ich hörte sie sprechen, aber es waren keine Worte, sondern Zischlaute. *Wie konnte das sein?*

»Du sprichst jetzt meine Sprache. Und sie werden dir nichts tun. Versprochen. Aber du wirst trotzdem irgendwann gehen müssen.«

»Warum?«, fragte ich leise.

»Weil du ein Mensch bist. Du gehörst nicht hierher, und ich bin an diesen verfluchten Ort gebunden.«

»Aber ich gehöre zu dir. Ich kann dich nicht verlassen!«

»Ich weiß, Süße«, sagte sie seufzend. »Irgendwann wirst du sterben müssen, und wie ich das kenne, wird es eher früher sein als später. Aber solange kannst du bei mir wohnen. Komm jetzt.« Sie kam auf mich zu, blieb vor mir stehen und nahm meine Hand. Ich zuckte zusammen. Es war, als hätte sie mir einen elektrischen Schlag verpasst. Ich schluckte. Wieder flammte Verlangen in mir auf. Ein Feuer, das ich noch nie in meinem Leben gespürt hatte. Heiß, verschlingend und erregend.

Ein wissendes Lächeln umspielte ihre Lippen. Das gleiche wie letzte Nacht, als ich zu ihr gekommen war. Sie führte mich in einen leeren Raum. Sie ließ mich langsam los, drehte mich zu sich um und sah mir tief in die Augen. Ihr Blick durchdrang meine Seele, und ich konnte die

Dunkelheit in ihr sehen, die gleichzeitig Faszination und Gefahr barg.

Dann erschien ein Glitzern in ihren Augen, das ich nicht deuten konnte.

»Was ist?«, fragte ich verunsichert.

»Ich kenne dein Geheimnis«, flüsterte sie leise und kam auf mich zu. Plötzlich und völlig unerwartet griff sie nach mir und drehte mich mit einer schwungvollen Bewegung um, sodass ich mit dem Rücken an sie gelehnt stand. Sie hielt mich fest an sich gedrückt, eine Hand sanft um meinen Hals gelegt, und flüsterte mir ins Ohr. Ich spürte ihren Atem an meinem Hals, ihre Haare kitzelten meine Haut. Gänsehaut prickelte über meine Arme und ich spürte, wie sich meine Nackenhärchen aufstellten. Ich schluckte.

»Ich weiß, dass du noch Jungfrau bist. Ich weiß, dass ich deine Erste bin, und das wird uns beiden gefallen.« Sie schmunzelte verwegen. »Ich werde dich Dinge spüren lassen, die du nie zuvor gefühlt hast. Doch ich warne dich! Du wirst nie wieder fortgehen können«, flüsterte sie, und ich spürte, wie ihre Worte eine unausweichliche Bindung zwischen uns schufen. »Wenn wir diesen Schritt wagen, diesen gefährlichen Weg einschlagen, wirst du mich nie wieder vergessen. Nicht einmal, wenn du durch die Tür gehst. *Nie wieder.*« Es klang verführerisch und gleichzeitig wie eine Drohung, sodass ich Angst hatte, sie würde mich mit diesen Worten verjagen wollen.

»Ich werde nicht gehen«, flüsterte ich mit tiefer, lusterfüllter Stimme. »Bitte! Erlöse mich!«, flehte ich, von einem unbändigen Verlangen erfüllt. Ihre Berührungen entfachten ein Feuer in mir, das alles zu verzehren schien. Ich wollte mich umdrehen, doch sie hielt mich fest. Sie küsste meinen Hals, fing sanft an, an ihm zu saugen. Während ihre Lippen meinen Hals erkundeten, klangen ihre Worte wie eine gefährliche Melodie in meinen Ohren nach. Ihre Warnung war beängstigend, aber zugleich verführerisch. Ich konnte dem Sog ihrer Anziehungskraft nicht widerstehen und spürte die Hitze weiter in mir aufsteigen. Diese Hitze, die immer mehr forderte. Je mehr ich bekam, desto heftiger verlangte ich nach noch mehr Nähe. Ich griff ihren Arm, der meinen Oberkörper festhielt, klammerte mich fester an sie.

Der Raum begann zu verblassen. Die Zeit verlor ihre Bedeutung, und wir wurden in einen Strudel aus Leidenschaft und Verlangen gezogen.

Nie mehr würde ich sie verlassen. *Niemals*. Selbst wenn es mich mein Leben kosten würde! Ich schloss die Augen, legte den Kopf in den Nacken, gegen ihre starke Schulter und hoffte darauf, dass sie mich erlösen würde.

# Teil drei: Hingabe

Fest umschlungen standen wir da, Dunkelheit und Verlangen umhüllten uns. Sie hielt ihre Hand sanft um meinen Hals gelegt, und ich klammerte mich in ihren Arm. Mein Herz raste, ich vergaß, wer ich war, *wo* ich war. Ich fühlte mich gefangen zwischen Lust und Furcht, zwischen der Dunkelheit und dem Verlangen, das sie in mir entfachte. Ihre Berührungen waren elektrisierend, und ich ließ mich willenlos von ihr führen.

»Bitte«, flehte ich nochmals mit rauer Stimme und hielt die Luft an. Mein Hals fühlte sich trocken an. Ich versuchte, den Kloß hinunterzuschlucken. Erfolglos. Ihre freie Hand erkundete meinen Körper, erweckte jede Faser meiner Haut zum Leben. In diesem Moment der Verzückung vergaß ich alles – meine Ängste, meine Vergangenheit, meine Menschlichkeit. Wir waren zwei Wesen, die in der Dunkelheit miteinander verschmolzen. Ihre Hand strich über meinen Körper, mit einer Intensität, die mir den Atem raubte. Mein Verstand war in einem Nebel aus Begierde gefangen, und ich konnte mich nicht dagegen wehren. Die Welt um mich herum verschwamm. Nur sie und ich existierten in diesem Raum der Verführung. Sie ließ ihre Hand auf meinem Bauch ruhen, langsam wie in Zeitlupe wanderte sie weiter nach unten, und ich spürte eine Mischung aus Erwartung und Aufregung. Ihre Finger stoppten am Hosenbund. Nur die Fingerspitzen suchten nach Einlass und sandten Schauer über meine Haut.

Doch mehr wollte sie mir nicht geben. *Noch* nicht. Sie hielt einen Augenblick inne, ehe sie sprach und mich erzittern ließ.

»Ich werde es dir leicht machen«, flüsterte sie leise in mein Ohr. »Aber nur, weil es dein erstes Mal ist.« Ich drückte den Kopf fester in den Nacken, gegen ihre Schulter, drehte ihn so, dass ich sie im Augenwinkel sehen konnte. Schaute in diese dunklen Augen, in denen ich zu ertrinken drohte. Die Worte drangen in mein Bewusstsein, und ich versuchte, mich auf ihre verführerische Stimme zu konzentrieren. Ihre Hand änderte die Richtung und suchte den Weg unter meine Bluse, meinen BH. Sie spürte, was ich fühlte, massierte mit dem Daumen meine Brust. Ich zog scharf die Luft ein, schloss die Augen und genoss die Berührung.

Plötzlich zog sie mich rückwärts. Verwirrt öffnete ich die Augen, ließ mich führen, bis ich mich vor einer Wand wiederfand. Ich vergaß zu atmen, während sie mich erneut umdrehte und mich mit dem Rücken gegen die Wand presste. Sie ergriff meine Handgelenke und drückte sie über meinem Kopf gegen die Wand. Die Mauer in meinem

Rücken verstärkte meine Unsicherheit, aber gleichzeitig fühlte ich mich geborgen in ihrer starken Umarmung. Ihr Griff um meine Handgelenke war intensiv, stark, aber nicht schmerzhaft. Ein leises Wimmern entwich meinen Lippen, als sie meine Hände fester über meinem Kopf gegen die Wand drückte. Es war ein Laut der Lust und des Verlangens. Ich genoss das Gefühl der Freiheit, das diese Kontrolle über mich auslöste. Ich wusste, ich musste mich um nichts ...

›Das Einzige, um das du dich sorgen musst, ist, dass du dich fallen lassen sollst‹, drangen ihre Worte in meinen Verstand, mit einer verführerischen, rauen Stimme.

Warum wurde ich so sehr von ihr angezogen? Sie sah mir direkt in die Augen. Ich wollte den Blick abwenden – nie hatte mich jemand auf diese Weise berührt oder angesehen, so etwas in mir ausgelöst. Ich spürte die Hitze in meinen Kopf steigen, wie ich rot wurde, ein Prickeln auf den Wangen, doch ich konnte meinen Blick nicht von ihr lösen. ›Ich will, dass du mir vertraust. Dass du einfach loslässt‹, fuhr sie fort. ›Ich verspreche dir, es wird dir gefallen, wenn du es zulässt.‹ Ihre Stimme schien überall zu sein, mich komplett auszufüllen. Doch was ich hörte, was ich spürte, war, dass sie es ernst meinte. Sie wollte es nicht – sie *verlangte* es.

»Bist du dir sicher, dass du das willst?« Die Unsicherheit in ihrer Stimme überraschte mich. Ich nickte schwach, noch immer unfähig wegzuschauen. Mit ihrer freien Hand umschlang sie wieder meinen Hals, legte den Daumen auf meine Lippen, ehe sie ihre Finger zu meinem Nacken wandern ließ und mein Gesicht an ihres heranzog. Ein leises Lachen entfuhr ihr, und dann küsste sie mich mit einer Leidenschaft, die alle meine Ängste zu verschlingen schien. Ihre Lippen waren weich und dennoch fordernd, und ich erwiderte den Kuss mit der Hingabe einer Sterbenden. Die Welt um uns schien zu verblassen, und nur noch wir beide existierten in diesem Raum der Dunkelheit und Lust. Sie presste ihr Becken gegen meines, drückte mit ihrem Knie meine Beine auseinander und fuhr mit der Hand in meinen Schritt. Ich presste meine Hüfte gegen sie, wollte mehr. Spürte, wie sie endlich in meine Hose glitt. Ich stöhnte leise auf, als sie anfing, mich zu berühren. Zu streicheln, zu massieren. Ein Prickeln durchlief meinen Körper. Ich ließ den Kopf in den Nacken fallen, meine Knie wurden weich, zitterten, ich fürchtete, sie würden nachgeben, doch sie hielt mich mit ihrer starken Hand fest gegen die Wand gedrückt.

Die Hitze stieg immer weiter in mir auf, mein Atem ging schneller, stoßweise. Ich biss mir auf die

Lippe, um nicht zu stöhnen. *Was, wenn es jemand hörte?*

»Lass dich einfach fallen«, wiederholte sie leise, und in diesem Moment der vollkommenen Hingabe war ihr Kuss berauschend. »Entspann dich.« In mir kämpfte das Verlangen, mich fallen zu lassen, noch mit der Angst vor dem Unbekannten. Ich versuchte zu nicken, war jedoch unfähig, mich zu bewegen. Ich hatte die Kontrolle über meinen Körper verloren.

Sie zog mir die Bluse über den Kopf, ließ meine Hände los, zwang mich, auf eigenen Beinen zu stehen. Sie wollten nachgeben, aber irgendwie schaffte ich es, an die Wand gelehnt, nicht zu fallen. Ich öffnete die Augen, mit zittrigen Knien, schaute auf ihre weiblichen Rundungen, spürte, dass ich nichts mehr wollte, als sie zu sehen. Wie ferngesteuert überwand ich den Abstand zwischen uns, den sie hatte entstehen lassen, und befreite sich von ihrem figurbetonten schwarzen Shirt. Während ich ihr unsicher und verloren in die Augen schaute, strahlte sie eine solche Stärke aus, gab mir Sicherheit.

Mit einer Leichtigkeit, die mich verblüffte, öffnete sie meinen BH, ließ ihn zu Boden fallen. *Wie hat sie das mit nur einer Hand gemacht?*, fragte ich mich noch, als sie sich auch schon ihres eigenen entledigt hatte. Die schwarzen Haare umrahmten ihre Brust, und ich konnte nicht anders, als meine Hände sanft über ihre Schultern gleiten zu lassen, ihre Haare zärtlich zu berühren. Ihr Blick traf meinen, und in ihren dunklen Augen las ich Stärke und Versprechen. Die Spannung zwischen uns war greifbar, und ich spürte, wie ich mich von ihrer Anziehungskraft leiten ließ. Auch auf ihrem Körper bemerkte ich eine Gänsehaut, wusste aber nicht, was ich tun sollte. Sie legte ihren Zeigefinger unter mein Kinn und hob es an. Zwang mich, ihren Blick zu erwidern.

»Lass mich nur machen.« Sie lächelte mich an und dirigierte mich wieder gegen die Wand. Ihre Hand fuhr über meine Schulter, meinen Arm entlang, bis sie meine Hand ergriff, ihre Finger mit meinen verschränkte und sie neben meinem Kopf gegen die Wand drückte. Die Berührung ihrer Hand an meiner Jeans weckte erneut das Prickeln der Begierde. Ohne den Blick von meinem Gesicht abzuwenden, öffnete sie geschickt meine Jeans und ließ sie zu Boden gleiten. Ich schluckte erneut, starrte wie gebannt auf ihre Lippen, die sich meinen näherten. Während sie mich küsste, Einlass in meinen Mund verlangte, schmeckte ich ihre Süße. Ich ließ meine freie Hand in ihre weichen Haare fahren, sich in ihnen verlieren. Sie wanderte mit ihren Küssen abwärts, biss zärtlich in die Seite meines Halses, ließ mich spüren, dass sie die Kontrolle hatte, dass ich einfach loslassen sollte. Mit einem Stöhnen der Lust küssten wir uns. Die Erwartung des Unbekannten ließ mich erzittern, und ich gab mich ihrer Berührung vollkommen hin.

Ein erneutes Stöhnen entfuhr meinen Lippen, dieses Mal hielt ich mich nicht zurück. Ihr Griff an meiner Taille intensivierte sich, als ihre Hand fortfuhr und meine Hüfte erkundete, meinen Po. Immer weiter, bis sie an meinem Schenkel angelangt war. Die Kontrolle lag in ihren starken Händen, und ich ließ mich von ihrem Rhythmus mitreißen. Angespannt, voller Erwartung auf das, was kommen mochte, spürte ich, wie sie mein Bein anhob, mich zwang, ihr Platz zu machen, ihr Einlass zu gewähren. Ich drückte meinen Rücken durch und presste meine Handfläche gegen die Wand, musste mich stützen. Gleichzeitig drückte ich die andere gegen ihre starken Finger, wollte, dass sie mich noch fester hielt, während ich mich ihren Berührungen hingab. Ihre geschickten Finger wanderten weiter, erkundeten meine intimsten Bereiche. Die Berührung war intensiv, elektrisierend, und ich konnte nicht anders, als mich ihren erfahrenen Händen hinzugeben. Der Rhythmus meines Atems beschleunigte sich, meine Sinne wurden von Hitze und Verlangen benebelt. Die Empfindungen durchströmten meinen Körper wie ein elektrischer Schauer. Während sie genau wusste, wie sie mich berühren musste, vergrub sie ihren Kopf weiter an meinem Hals, bis ich mich nicht mehr länger zurückhalten konnte. Ich vergaß alles um mich herum, spürte es pulsieren, immer stärker, bis ich nichts mehr sehen konnte. Alles um mich herum bebte und ich verlor jegliches Bewusstsein für Raum und Zeit. Die Dunkelheit umhüllte uns, als sie mich in einen Strudel glühender Lust zog. Ihr Kuss, leidenschaftlich und fordernd, verschmolz mit dem Gefühl ihrer Hände auf meiner Haut. Ich hatte jegliche Kontrolle über meinen Körper verloren, und das Verlangen trieb mich an den Rand des Wahnsinns.

Ich ließ mich gehen, zum ersten Mal in meinem gesamten Leben. Ich fühlte mich vollkommen frei, war erlöst von allem, was mich erdrückte, und stieß einen Schrei der Lust hinaus.

# Teil vier: Erkenntnis

Ich wusste nicht, wie mir geschehen war. Ich kniete auf dem Boden. Meine Beine hatten schließlich nachgegeben, hatten mich nicht mehr tragen können. Sie zitterten von den intensiven Berührungen, die mich zu Boden gezwungen hatten. Ich schloss die Augen, sah noch das Pulsieren vor meinen Lidern. Die Erinnerungen an das Erlebte wirbelten in meinem Kopf umher, und ich spürte eine Mischung aus Verwirrung und Befriedigung.

Ein leises Lachen durchbrach die Stille. Ich blickte erschrocken auf und sah ihren zufriedenen Ausdruck.

»Es hat dir also gefallen?«, fragte sie leise, mit einem Grinsen, das die Dunkelheit ihrer Augen betonte. Ihre leisen, zufriedenen Laute klangen in meinen Ohren nach, als ich die Augen schloss.

»Was? Ich ...« Mein Blick senkte sich, und ich suchte nach Worten. *Was war geschehen?* Hatte ich eben wirklich Sex mit einer Fremden gehabt? Ich riss erschrocken die Augen auf. Nicht nur mit einer Fremden – mit einer *Dämonin*! Die Erkenntnis traf mich wie ein Schlag. *Was ...?*

»Aber du hast es genossen«, stellte sie ohne Nachsicht fest. Ein schwaches Nicken war alles, was ich zustande brachte. Ich wagte nicht mehr, sie anzusehen. Die Anziehungskraft, die von ihr ausging, war stärker denn je, und ich konnte mich nicht von ihr losreißen.

»Ich hab dich gewarnt, Kleines.« Das bittersüße Hauchen in ihrer Stimme erfüllte die Luft, und sie hielt mir eine Hand hin.

Die Erkenntnis, dass ich in diesem Moment mit einem Wesen der Dunkelheit verbunden war, ließ mich erzittern. Ich zögerte. Ja, sie hatte mich gewarnt, und dennoch hatte ich mich auf dieses gefährliche Spiel eingelassen.

Nachdem die letzten Wellen der Lust abgeebbt waren, löste sie sich von mir und betrachtete mich mit einem Ausdruck, der zwischen Zufriedenheit und Melancholie lag.

»Nun gehörst du mir«, sagte sie leise, und ich konnte die Wahrheit in ihren Worten spüren. Eine unsichtbare Verbindung hatte sich zwischen uns gewoben, und ich war gefangen in diesem Netz aus Dunkelheit und Verlangen. Ich genoss ihre Nähe, ihre bloße Anwesenheit erfüllte mich mit Sehnsucht. Einer Sehnsucht nach etwas, das nur sie mir zu geben vermochte.

»Aber was ... Ich meine, warum ...?«

»Ich weiß es nicht«, gestand sie ehrlich. »Ich weiß nicht, warum das passiert, aber es passiert, und glaub mir, ich bin genauso verwirrt wie du. Und das gefällt mir ganz und gar nicht. Aber nun ist es so – und jetzt nimm schon meine Hand«, flüsterte sie, während sie mir auf meine zitternden Beine half. Die Stärke ihrer Berührung zwang mich, sie anzusehen. Ein Feuer entflammte in ihren Augen, das gleiche, das auch in mir loderte. Unsere Gedanken verschmolzen mehr und mehr zu einem. Mir stockte der Atem. Ein beklemmendes Gefühl machte sich in meiner Brust breit. Plötzlich dachte ich, ich bekäme keine Luft mehr. Eine Frage schoss mir durch den Kopf: *›Wirst du mir weh tun?‹*

»Nein, das könnte ich niemals«, flüsterte sie. *›Aber du wirst mich verletzen, und das wird mich zerstören. Das macht mich wahnsinnig. Ich hasse es, abhängig zu sein.‹* Ihre unausgesprochenen Gedanken drangen in meinen Kopf, und ich spürte ihre Verletzlichkeit, die sie nicht länger vor mir verbergen konnte.

»Ich werde dich nicht zerstören! Warum sollte ich?«, fragte ich verwirrt.

»Das wirst du nicht mit Absicht tun. Lass uns an was anderes denken.« Sie strich mir sanft die Haare hinters Ohr. *›Zärtlichkeit war nie meine Art, aber bei dir kann ich nicht anders.‹* Wieder hatte ich ihren unausgesprochenen Gedanken gehört. *›Ich will dich glücklich machen, bei dir sein.‹* Ich spürte, dass sie ehrlich war, dass sie die Wahrheit mit mir teilte. Ihre verletzliche Seite, die niemals zuvor jemand zu sehen bekommen hatte und die sie mit mir ausleben konnte, obwohl sie nie zuvor geplant hatte, eine zu haben.

»Komm«, sprach sie wieder mit sanfter Stimme. Ihr Blick verriet eine Mischung aus Verlangen und Vorfreude, und in ihrem Lächeln lag etwas Animalisches, etwas, das mich schwach machte. »Ich habe dir noch so vieles zu zeigen.« Ich wusste, *was* sie mir zeigen wollte, und konnte es kaum aushalten, länger hier zu stehen. Ich nickte stumm und ließ mich von ihr in die Dunkelheit entführen.

# Teil fünf: Suche

»Ich habe, seit sie die Fotos von dem Hotelzimmer geschickt hat, nichts mehr von ihr gehört!« Elenas Mutter klang verzweifelt, als sie Meike anrief. Ihre Schwiegermutter in spe mochte vielleicht manchmal überdramatisch sein, aber sie hatte recht. Auch ihr kam es merkwürdig vor, dass sie seit einer Woche nichts mehr von ihrer Verlobten gehört hatte.

»Marianne, ich werde nach ihr schauen, okay?«

»Versprichst du es? Ich mache mir wirklich Sorgen!« Meike atmete tief durch.

»Ja, versprochen. Ich mache mir ja auch Sorgen«, gab sie zu. Sie waren im Streit auseinandergegangen, aber das hieß nicht, dass sie sich nicht umeinander kümmern würden. Auch wenn sie davon ausging, dass sie einfach nur ihren Wellnessurlaub genoss. Vermutlich würde sie wie geplant in drei Tagen am Flughafen stehen und ihr erholt in die Arme fallen. Meike war enttäuscht, dass sie nicht hatte mitkommen können, aber es war eine Reise für eine Person gewesen. Ihr kam das Ganze etwas suspekt vor, doch nichts konnte Elena nach dem Streit noch davon abhalten, die zehntägige Auszeit zu nehmen. Meike konnte ihr das nicht übelnehmen; sie hatte ihr wirklich gemeine Sachen an den Kopf geworfen und dachte lieber nicht weiter über den Streit nach. Er war total sinnfrei gewesen. Aber so war es manchmal zwischen ihnen.

Meike rief erneut Elenas Handy an. Wieder nur die Mailbox.

»Verdammt, Elena! Jetzt geh doch bitte endlich mal an dein Handy, du kannst dich nicht ewig verstecken!« Sie machte eine kurze Pause. »Es tut mir leid, okay?« Dann warf sie noch einen Blick aufs Display, das ein Foto von ihnen beiden zeigte. Auf dem Bild saßen sie am Strand und schleckten lachend Eis. »Ruf mich an.« Dann legte sie auf.

Sie schloss die Faust um das Handy, so fest, dass ihre Knöchel weiß hervortraten.

»Scheiß drauf, ich komm dich jetzt holen!«, rief sie in die leere Wohnung. »Du bist zu lange weg. Es kann etwas nicht in Ordnung sein!« Ihre Stimme hallte in der Dunkelheit der Räume wider und verursachte eine unheimliche Gänsehaut in ihrem Nacken.

Sie klappte ihren Laptop auf und startete eine Google-Suche.

»Wie hieß das verdammte Hotel noch mal?« Fieberhaft versuchte sie, sich daran zu erinnern, was Elena gesagt hatte. Es wollte ihr einfach nicht einfallen. Sie stand auf und ging zum Kühlschrank, wo das Flugticket mit einem Magneten befestigt gewesen war. Natürlich hing es nicht mehr dort, aber sie hatte gehofft, dass sie hier wenigstens irgendeinen Hinweis finden würde.

»Wo hast du das dämliche Los nur gekauft?« Frustriert wollte sie mit dem Fuß gegen den Küchenschrank treten, überlegte es sich jedoch anders. Sie war stets die Hitzköpfige von ihnen. Die Emotionale, die oftmals den Kopf verlor. Elena war die mit dem Köpfchen. Die, die erst nachdachte, dann handelte. Immer darauf bedacht, alles zu durchdenken und abzuwägen.

Frustriert biss sie die Zähne zusammen und starrte wieder auf den Bildschirm. Es hatte keinen Sinn, den Schrank zu treten, das war ihr klar.

»Okay, wo fange ich an?« Meike setzte sich wieder an den Rechner und klatschte sich gegen die Stirn. »Der Suchverlauf! Wie dumm kann man sein?« Nach wenigen Minuten hatte sie das Flugziel gefunden, auch den Shuttle, aber sie fand das verdammte Hotel nicht. »Ist mir jetzt scheißegal! Ich werde dich schon finden!« Ohne weiter darüber nachzudenken, kaufte sie ein Flugticket und schaute, wohin der Shuttle gebucht worden war. Morgen früh ging es los.

Im Flieger versuchte sich Meike in Geduld zu üben, während der Flug scheinbar endlos dauerte. Der ältere, wohlbeleibte Sitznachbar, der sich ständig gegen sie lehnte und einschlief, und die Mutter mit einem schreienden Kleinkind machten die Situation nicht einfacher. Sie sehnte sich nach einer ruhigen Minute, um ihre Gedanken zu sammeln und sich auf die bevorstehende Suche nach Elena vorzubereiten.

Die Mutter mit dem quengelnden Kind schien ebenfalls erschöpft zu sein und Meike konnte Mitgefühl in ihrem Blick erkennen. Dennoch konnte das Mitleid den Stress nicht vertreiben, den Meike empfand. Sie knirschte mit den Zähnen und versuchte, sich auf ihren Laptop zu konzentrieren, um weitere Recherchen anzustellen. Jeder verstrichene Moment fühlte sich an wie eine verlorene Chance, Elena zu finden.

Mit einem Seufzen lehnte Meike sich zurück und schloss kurz die Augen. Trotz des Lärms um sie herum versuchte sie, sich auf das zu konzentrieren, was wirklich zählte: ihre Liebe zu Elena und die Entschlossenheit, sie wiederzufinden.

»Wir schaffen das«, flüsterte sie leise, als könne Elena ihre Worte irgendwo da draußen hören. Mit diesem Gedanken versuchte Meike, die verbleibenden Stunden im Flugzeug durchzustehen.

Als sie endlich ihr Gepäck holen durfte und den Flughafen verließ, brannte die Sonne auf ihrer sonst unempfindlichen Haut. Sie hatte herausfinden können, dass der Shuttle nur einmal alle zehn Tage fuhr. Der nächste war erst in zwei Tagen geplant. Aber sie hatte anhand der Bewertungen erfahren, dass sie durch den Dschungel einen Berg hinauffuhren und dann freie Sicht aufs Meer hatten. Die Urlauber schwärmten in ihren Rezensionen von dem Ausblick. Da es hier nur zwei Berge gab, die bewaldet waren und eine Seite Richtung Meer boten, beschloss sie, den zu nehmen, den sie attraktiver fand. Sie suchte nach dem Mietauto, das sie gebucht hatte, und holte die Schlüssel ab.

Als sie endlich im Auto saß, holte sie tief Luft. Sie hatte ein rauschendes Dröhnen in den Ohren. Das Kind hatte immer wieder angefangen zu schreien.

»Verdammt, Elena, wo zum Henker steckst du?«

Sie startete den Motor und fuhr los. Immer die Hauptstraße entlang, bis sie den Dschungel erreichte. Als sie ihn nach eineinhalb Stunden Fahrt wieder hinter sich ließ, verstand sie, warum die Leute so schwärmten. Sie hielt am Straßenrand an.

»Yes! Glückstreffer!« Sie hatte von einigen Fotos aus den Google-Bewertungen Screenshots gemacht und verglich die Aussicht jetzt. Sie stimmten nahezu exakt überein.

Sie fuhr weiter, immer der Hauptstraße nach. Als sie gerade umkehren wollte, weil sie dachte, sie habe sich verfahren, kam ein riesiges Hotel zum Vorschein.

›Wellnessresort Seelenfrieden‹ stand auf dem Eingangsschild. Das war es! Dieser seltsame Name, wie hatte *der* ihr entfallen können?!

Sie parkte, stieg aus und ging zum Infoschalter. Dort stand ein älterer Mann mit grauem Haar und starrte sie an. Meike musste sich auf die Zunge beißen, um ihn nicht anzufahren. *Als sähe ich aus wie deine Mahlzeit. Ich bin nicht an Kerlen interessiert!*, hätte sie ihm am liebsten ins Gesicht geschrien. Sie hasste diese alten Männer, die einen lüstern anstarrten und erwarteten, dass man dann freundlich zu ihnen war.

»Sie sind zu früh dran«, unterbrach er ihre Gedanken.

»Was?«

»Nicht wichtig. Ihr Gewinnlos, bitte«, forderte er.

»Ich, äh ...« *Was für ein Gewinnlos?* Sie hatte keins.

»Dieses Hotel ist speziell für Gewinner reserviert. Wenn Sie kein Los gewonnen haben, müssen Sie leider wieder heimfahren.« Das ›leider‹ klang wirklich bedauernd. *Ekelhafter Typ*, dachte sie.

»Nein, Sie verstehen nicht, ich suche ...«

»Sie verstehen mich nicht«, unterbrach er sie. »Sie können hier kein Zimmer buchen, wenn Sie es nicht gewonnen haben.« Er klang sehr bestimmt. Zu bestimmt für ihren Geschmack.

»Hören Sie, ich will keinen Streit. Ich suche meine Verlobte. Sie hat diese Reise hierhin gewonnen. Ich kann sie nicht erreichen und mache mir große Sorgen.« Sie versuchte, sein Mitleid zu erregen. Aber er ging nicht darauf ein, das wurde ihr schnell klar.

Plötzlich sah sie *ihren* Koffer. Den Koffer mit den Teddybären drauf, den sie Elena geliehen hatte. Er stand hinter der Theke im Schatten. *Warum war er hier, und nicht bei Elena oder in ihrem Zimmer?*

»Sie müssen jetzt gehen.« Der Mann ließ nicht locker. Meike ignorierte ihn und wollte an ihm vorbeistürmen, um an den Koffer zu gelangen. Der Rezeptionist hielt sie auf und umschloss ohne Vorwarnung mit eiserner Hand ihren Arm. Er hielt ihn so fest, dass ihr Tränen in die Augen schossen.

»Lassen Sie mich los!«, schrie sie. Sie hatte keine Geduld mehr. Sie musste erfahren, was mit ihrer Verlobten geschehen war. Sofort!

»Wenn Sie jetzt nicht das Gelände verlassen, sehe ich mich gezwungen, die Polizei zu rufen.«

»Ja! Tun Sie das!« Der Mann sah sie an, als hoffte er, sie würde bluffen. Da merkte sie, dass er dies selbst tat. »Rufen Sie schon die Polizei an! Ich werde hier warten!«

Plötzlich stand eine Frau mit langen schwarzen Haaren hinter ihr und legte ihr behutsam eine Hand auf die Schulter.

»Sie müssen ihn entschuldigen, er ist noch vom alten Schlag. Kommen Sie mit, dann werde ich Ihnen helfen.« Meike war so von ihrer Anmut überrumpelt, dass sie gar nicht mehr wusste, warum sie hier war. Dann schrak sie auf und blinzelte.

»Elena«, erinnerte sie sich.

»Wer?«, fragte die Dame freundlich. Meike war sich nicht bewusst gewesen, dass sie den Namen laut ausgesprochen hatte.

»Meine Verlobte«, sagte sie mit schwacher Stimme. Ein Glitzern erstrahlte in den Augen der Frau. Meikes Gay-Radar sprang an. Der Gedanke lenkte sie einen Augenblick ab. *Reiß dich zusammen, du musst deine Verlobte finden!*, ermahnte sie sich.

»Also«, fing ihr Gegenüber an. »Elena. Wie sieht sie aus? Und wann haben Sie das letzte Mal etwas von ihr gehört?«

»Dunkelbraune Haare und rehbraune Augen, zierlich. Sie wirkt immer wie ein Reh im Scheinwerferlicht.« Sie versuchte zu beschreiben, was ihr einfiel. Dann stockte sie. Die Fremde schien Elena zu kennen, denn ein Schmunzeln huschte über ihr Gesicht. »Sie haben sie gesehen! Sie kennen sie!«

»Was? Ich?« Sie sah überrascht auf, konnte aber das Lächeln nur schwer unterdrücken. Ein mulmiges Gefühl beschlich Meike. »Nein, ich kenne keine Elena, ich fand nur die Beschreibung mit dem Reh sehr niedlich«, erwiderte die Frau und versuchte, beruhigend zu wirken. Meike gefiel das ganz und gar nicht.

»Hören Sie zu, ich bin Ihnen dankbar, dass Sie mir helfen. Der Koffer an der Rezeption gehört Elena. Also – eigentlich mir, aber ich habe ihn ihr geliehen. Ich möchte nur wissen, wo sie steckt.«

»Ach so! Nein, da muss ich Sie leider enttäuschen. Der Koffer ist ein Fundstück; den hat jemand im Zimmer liegen gelassen.« Sie klang betrübt, doch Meike konnte das Falsche nicht überhören. Sie sprang auf.

»Ich weiß nicht, was hier gespielt wird, aber ich will jetzt zu Elena!«

»Meike ...?« Erschrocken drehte Meike sich um.

»Elena?« Sie hatte sie gesehen, nur einen kurzen Augenblick. Da war Panik in ihren Augen gewesen. Dann war sie hinter einer Tür verschwunden. Ehe Meike zu der Tür rennen konnte, hielt die Frau sie mit einer Stärke fest, die sie ihr nicht zugetraut hätte.

»Ich muss meinem Kollegen leider recht geben, Sie müssen jetzt gehen.« Mit diesen Worten packte sie Meike am Arm und bugsierte sie zur Tür. Sie reagierte nicht auf ihr Schreien, nicht einmal auf ihre Schläge, als Meike verzweifelt und mit aller Gewalt versuchte, sich zu befreien. Vor der Tür ließ die Frau sie los, lächelte höhnisch und ließ sie stehen. Meike versuchte ihr zu folgen, doch sie schloss die Eingangstür ab.

»Elena! Ich werde dich holen! Ich verspreche dir, ich hole dich da raus!« Obwohl Meikes Herz vor Angst heftig pochte, war sie voller Entschlossenheit.

# Teil sechs: Fremd

Ich wusste nicht, was gerade passiert war. Die Stimme war mir so vertraut vorgekommen. Als sie mich gerufen hatte, war mir plötzlich ihr Name eingefallen. Aber ich wusste einfach nicht, woher ich die Frau kannte. Das verwirrte mich zutiefst. Ich wollte mich erinnern. Aber dann kam Zara zu mir, zog mich in den Raum und küsste mich leidenschaftlich. Ich taumelte.

»Womit hab ich das verdient?«, seufzte ich.

»Das weißt du ganz genau!« Spielerisch biss Zara mir in den Hals. Ein tiefes Stöhnen entfuhr meinen Lippen. Ich suchte ihren Mund, verlor mich in ihrem Kuss. Ich war wie in Trance. Zara war wie eine Droge für mich. Meine ganz persönliche Droge. Und ich wusste, es war umgekehrt nicht anders. Seit unserer Bindung fühlten wir uns mit aller Macht zueinander hingezogen. Ich drückte mein Knie zwischen ihre Beine und wusste, dass das, was ich vorhatte, sie verrückt machen würde. Mit meiner Hand fuhr ich unter ihr enges Shirt, wollte zeigen, was ich von ihr gelernt hatte.

Ein plötzliches Klirren ließ mich zusammenfahren. Eine Fensterscheibe war eingeschlagen worden. Ganz in unserer Nähe.

»Was war das?«

»Nichts«, stöhnte Zara lustvoll. »Komm!« Seufzend ließ ich mich in ihre starken Arme fallen. Sie hob mich gegen die Wand, küsste mich am Hals und ...

Wieder Klirren, ein Poltern. Die Tür sprang krachend auf. Eine Frau, ungefähr in meinem Alter, stand keuchend in der Tür und starrte uns mit offenem Mund an. Sie war attraktiv, aber das genaue Gegenteil von Zara, eher der androgyne Typ.

»So viel zum Thema ›Ich will bis zur Ehe warten‹!«, schrie sie mich an.

»Was?« Ich verstand nicht, was sie von mir wollte. Die Stimme kannte ich. Aber *woher*?

»Jetzt tu nicht so!« Ihr Gesicht war rot und wutverzerrt. Und ... *verletzt*? »Warum tust du mir das an, Elena?« Ich konnte sie immer noch nur anstarren. *Woher kannte sie meinen Namen?* Ich blinzelte, versuchte zu verstehen, warum sie mir so bekannt vorkam.

»Wer ist das?«, fragte ich Zara verunsichert und konnte meinen Blick nur schwer von der Frau losreißen.

»Elena?« Die Fremde wurde plötzlich kreidebleich.

»Was weiß ich? Sie scheint dich zu kennen, nicht mich. Aber ist das wichtig?« Zara küsste mich auf den Handrücken und ich verlor den Faden.

»Was machst du da? Warum zischst du wie eine Echse?« Mittlerweile war ihre Wut Schock und Unglauben gewichen.

»Ich zische nicht wie eine Echse!«, rief ich.

»Was?«

»Ich. Zische. Nicht. Wie. Eine. Echse!«, wiederholte ich beleidigt. »Was will sie von mir?«, fragte ich Zara, noch immer unsicher.

»Lass mich das regeln«, flüsterte sie mir ins Ohr, und ihr Atem strich zärtlich über meine Haut. Ich nickte und musste schlucken.

»Okay – also ...« Sie ging vorsichtig auf diese Frau zu, die mir immer bekannter vorkam. Plötzlich spürte ich Zaras Unsicherheit. Ihre Stimme wurde energischer. »Ich glaube, hier liegt eine Verwechslung vor. Meine Freundin scheint dich nicht zu kennen, und ich würde jetzt gerne wieder ungestört mit ihr sein. Am besten wäre es, wenn du jetzt gehst.«

»Du fickst *meine* Verlobte und sagst mir, ich soll *euch* nicht stören?!«, schrie die Frau. Warum schmerzten die Worte plötzlich so sehr? Ich wusste nicht mehr, ob sie wirklich fremd war. Ich erkannte diese Wut. Diese Hitzköpfigkeit. Wie vom Blitz getroffen stand ich da.

»Meike?«, flüsterte ich leise.

»Selbstverständlich bin ich das, du verlogene Schlampe!«, schrie sie. »Du hast gesagt, du willst dich für mich ...«

Plötzlich flammte heißer Zorn in Zara auf und sie wurde handgreiflich. Sie packte Meike, die mir mit jedem Augenblick vertrauter vorkam, im Nacken und warf sie durch die Tür nach draußen. Der Schwung schleuderte sie gegen die Wand. Erschrocken zog ich die Luft ein. Während sich Meike aufrappelte, sah sie mir in die Augen. Ihr schien eine Erkenntnis zu kommen. Ich dagegen wurde immer verwirrter.

»Du weißt nicht, was hier passiert!«, rief sie plötzlich laut. Zara kam auf sie zu und holte zum Schlag aus.

»Nein!«, schrie ich sie an. Es schmerzte. Ich liebte Zara, verlangte nach ihr, ich konnte nicht ohne sie leben. Aber es war falsch, dass sie Meike schlug. Irgendetwas stimmte hier nicht, aber ich konnte einfach nicht begreifen, was es war.

›Was geht hier vor?‹, fragte ich sie in meinen Gedanken.

›Sie will dich mir wegnehmen, das geht hier vor!‹ Ihre Stimme grollte vor Zorn.

›Das darf sie nicht!‹

›Ich weiß, und ich werde es nicht zulassen.‹

›Tu ihr nicht weh, bitte!‹, flehte ich sie an. Ich wusste, wie stark Zara war. Sie hatte einem der *anderen* das Genick gebrochen, als er versuchte, mich zu holen. Er hatte mich ... Was hatte er noch gleich gewollt?

›*Dir wehtun. Er wollte dich verletzen und dich mir wegnehmen, genau wie* sie*!*‹

›*Wirst du sie jetzt auch töten?*‹ Meine Stimme zitterte sogar in meinen Gedanken.

›*Nein. Nicht, wenn ich es nicht muss.*‹

Ich atmete erleichtert auf.

Meike hatte sich aufgerappelt und suchte meinen Blick. Es schmerzte, sie anzusehen. Es stach wie ein Messer in meine Brust. Ich vermied es, in ihre Richtung zu blicken.

»Ich werde dich retten. Ich weiß nicht, was für ein Murks hier läuft. Aber ich verspreche dir, ich werde dich hier rausholen!« Zara machte einen Schritt auf sie zu. Meike wich zurück.

*Sie ist doch sonst nicht ängstlich,* schoss es mir durch den Kopf.

»Ist ja gut, ich gehe!«

Zara wollte sich umdrehen und zu mir zurückkehren, als ich plötzlich ein Licht aufblitzen sah. Meike hatte ihr Handy herausgeholt und ein Foto von uns gemacht.

»Shit!«, rief sie, erschrocken über den verräterischen Blitz, und rannte zum Ausgang. Zara sprang ihr hinterher, doch sie nahm meine Angst wahr und blieb wieder stehen. Ich spürte ihre Wut. Ihr Ver-

langen, dieser Menschenfrau den Hals aufzuschnei-
den.

›*Nicht!*‹ Ich fürchtete mich vor solchen Bildern,
auch wenn sie nur in Zaras Kopf waren.

›*Tut mir leid.*‹ Sie kam zu mir zurück. ›*Komm, lass
uns zurück ins Zimmer gehen*‹, bat sie. Mir war gar
nicht bewusst gewesen, dass ich im Türrahmen
stand.

›*Wie bin ich von der Wand hierhergekommen?*‹,
fragte ich mich verwundert.

›*Ist doch egal!*‹ Sie packte mich, drehte mich um.
Zara blickte Meike, die hinter der Glastür stand,
direkt in die Augen, während sie mir sanft den Hals
liebkoste. Durch Zaras zufriedene Gedanken sah
ich den verletzten Blick von Meike. Dann vernebelte sich meine Sicht. Die Lust hatte mich gepackt,
und alles, was passiert war, verschwamm in
meinem Kopf mehr und mehr zu einem Einheits-
brei aus Bildern, bis ich nur noch Zara vor mir sah.
Ihre dunklen Augen, die mich verlangten, mich verschlangen. Die widerspiegelten, was ich wollte. Die
Lust, die uns beide schier verrückt machte.

Sie trug mich ins Bett und ich überließ mich ihr.
Es war, als hätte sie die Kontrolle über meine Sinne
übernommen. Jeder Widerstand war wie weg-
geblasen, und ich konnte nur noch das Verlangen
spüren, das zwischen uns pulsierte. Ihre Hände auf
meiner Haut fühlten sich an wie Feuer. Dunkelheit

umhüllte mich, als ich mich dem Rausch der Lust und Zaras Umarmung hingab. Die Bilder von der fremden Frau und die aufgeworfenen Fragen verblassten, während in meinem Kopf nur noch Zara und die sinnlichen Empfindungen Platz hatten. Zara war meine Welt. Nicht diese Fremde, die eben hier gewesen war. *Wie war ihr Name?*

»Vergiss sie und küss mich!«, hauchte Zara sanft in mein Ohr.

Ich gehorchte, ich vergaß.

# Teil sieben: Vermisst

»Also möchten Sie eine Vermisstenanzeige aufgeben?«, fragte der Polizeibeamte Meike gelangweilt, die verzweifelt versuchte, ihm klarzumachen, was los war.

»Nein, hören Sie mir doch zu! Ich weiß genau, wo sie ist, aber sie wird gefangen gehalten!«

»Haben Sie Beweise dafür?« Der Beamte wirkte noch immer unbeeindruckt.

»Ja, sehen Sie!« Sie zeigte ihm das Foto, das sie beim Verlassen des Hotels von Elena und dieser Frau geschossen hatte, die irgendwie ihre Verlobte manipuliert hatte. Bei dem Gedanken daran, wie sie sich angezischt hatten, lief es Meike eiskalt über den Rücken. Was war da nur passiert? Wo war Elena da nur hineingeraten?

»Also, ich sehe nur zwei Frauen, die offenbar ungestört sein wollen.« Der Beamte hob seinen Kaffeebecher hoch, auf dem ›Mitarbeiter des Monats‹ stand, und schlürfte laut sein Getränk.

»Nein, sehen Sie, die Braunhaarige, das ist meine Verlobte, und irgendwas stimmt da nicht. Das ganze Hotel ist seltsam. Ich meine, wie verdient man Geld, wenn man keine zahlenden Gäste aufnimmt?«

»Das Konzept des Hotels geht mich nichts an, und Sie auch nicht. Außerdem interessiert es mich nicht. Ich sehe keinen Grund, warum Sie Anzeige erstatten sollten. Es tut mir leid, aber scheinbar hat Ihre Verlobte sich anders entschieden. Kommen Sie darüber hinweg.« Meike wäre am liebsten aus der Haut gefahren. Was fiel diesem Vollidioten überhaupt ein, über sie und ihre Beziehung zu urteilen?

Wutentbrannt stürmte sie aus dem Polizeirevier. Plötzlich klingelte ihr Handy. Es war Marianne. Meike lehnte den Anruf ab, sie hatte nicht die Zeit, ihr zu erklären, was los war. Sie würde nur hysterisch werden und sich nicht mehr abwimmeln lassen. Es war also besser, sie hob gar nicht erst ab. Zwei Sekunden später klingelte es erneut.

»Was?«, fauchte sie nun doch in den Hörer.

»Ist alles in Ordnung bei dir?« Eine verwirrte Stimme, die eindeutig nicht zu Elenas Mutter gehörte, antwortete ihr.

»Lisa? Sorry – ich dachte ...« Sie stockte. »Egal, was ist los?«

»Du weißt schon, dass du heute Frühschicht gehabt hättest? Bist du krank?« *Shit*, ihre Arbeit hatte sie vollkommen vergessen.

»Nein.« Sie suchte nach Worten, um ihrer Arbeitskollegin zu erklären, warum sie nicht hatte kommen können. Sie entschied sich für die Wahrheit. Wenn jemand helfen konnte, dann ihre gemeinsame Freundin. »Irgendwas ist mit Elena passiert.«

»Was?! Hatte sie einen Unfall?«, fragte Lisa erschrocken.

»Nein, ich glaube, sie wurde entführt oder so. Ich habe sie gesehen, aber sie wirkt, als hätte man ihr das Gehirn gewaschen. Sie hat mich kaum erkannt.« Sie wollte nicht darüber sprechen, dass sie Elena dabei erwischt hatte, wie sie gerade mit einer Fremden Sex haben wollte. Auch nicht, dass sie zischte, wenn sie sprach. Das war einfach nur unheimlich, und Lisa würde sie für verrückt erklären.

»Was? Das verstehe ich nicht. Wo bist du denn?«

»Australien«, antwortete sie ausweichend.

»Was? Warum bist du in Australien?«

»Elena hatte doch diese komische Reise gewonnen. Ich glaube, dass es damit zu tun hat. Dieses ganze Hotel ist so komisch.«

»Wie meinst du das?«

»Ich habe dort außer Elena keinen einzigen Gast gesehen. Die nehmen auch keine zahlenden Besucher, ausschließlich ›Gewinner‹. Irgendwas ist da faul, aber ich verstehe nicht, was es ist. Auch dass diese Frau und der alte Mann so unfassbar stark waren, wundert mich«, sagte sie. Meike massierte sich mit der freien Hand die Stirn, musste nachdenken. Irgendwie würde sie einen Weg in das

Hotel finden. Sie musste ihre Elena da rausholen. »Ich ruf dich zurück, ja?« Sie beendete den Anruf, ohne Lisas Antwort abzuwarten.

# Teil acht: Hunger

Als ich die Augen aufschlug, wusste ich nicht, wie lange ich schon an diesem Ort war, doch ich bemerkte, dass sich die Hotelzimmer wieder gefüllt hatten. Einige Tage lang war es sehr ruhig gewesen, aber nun wurde es laut. Solange Zara in meiner Nähe war, war mir das alles egal. Das Einzige, was mich störte, war, dass sie Hunger verspürte. Einen solchen Appetit, dass ich nicht verstand, warum sie meiner Bitte nicht nachkam.

»Weil es dich umbringt«, erinnerte sie mich.

»Unsinn!«, widersprach ich. »Ich habe es schon einmal überlebt. Du und die anderen, ihr ernährt euch von Seelen, aber ihr lasst sie wieder frei. Du hast mich freigelassen. Sobald euer Hunger gestillt ist, gebt ihr die Leben zurück und löscht sogar die Erinnerungen. Also, wo ist das Problem?«, fragte ich aufgebracht.

»Ich habe dir schon mal erklärt, dass es ein- oder zweimal geht, aber es wird mit jedem Mal riskanter. Die Seele eines Menschen ist empfindlich.« Sie streichelte über meine nackte Haut. Ich erzitterte.

»Lass das«, flüsterte ich schwach. »Ich weiß, was du vorhast.« Ich schluckte. Sie wollte mich verführen, mich ablenken, damit ich vergaß, warum ich mit ihr diskutierte.

»Und du liebst es!«, erinnerte sie mich und grinste breit. »Ich weiß, dass du es magst, wenn ich dich *ablenke*.« Sie kam näher und hauchte mir einen Kuss aufs Ohr. Ich stöhnte leise auf. ›*Wie kann jemand nur so gut darin sein, genau zu wissen, was ich will?*‹, fragte ich mich. Ich spürte ihre Belustigung, als sie meine Gedanken hörte. Doch bald schon wich diese dem Verlangen, das uns beide täglich begleitete. Der Sehnsucht, die Nähe des anderen zu spüren. Sie war so extrem, dass ich mir nicht vorstellen konnte, wie es sein mochte, ohne Zara zu sein. Und gleichzeitig wusste ich, ich konnte sie nicht teilen.

›*Du teilst mich nicht. Ich ernähre mich nur.*‹ Ihr Gedanke strich durch meinen Kopf. Sie zog mich näher zu sich, drückte ihren Körper an meinen, und wieder fing ich an zu vergessen. Das Einzige, das mich davon abhielt, war der Hunger, den ihr Körper ausstrahlte. Sie brauchte Nahrung.

»Verdammt, Elena, jetzt lass es doch bitte gut sein«, flüsterte sie frustriert. Ich sah in ihre Augen, so dunkel, dass ich mich in ihnen hätte verlieren können.

»Du musst essen, und ich werde dich nicht teilen. Was machen wir jetzt?« Sie erwiderte meinen Blick.

»Ich will dich nicht verlieren.« ›*Du wirst sowieso bald sterben*‹, schoss es Zara durch den Kopf. Sie presste die Augen zusammen. »Tut mir leid, das wollte ich nicht sagen!«, flüsterte sie leise. Ich war nicht erschrocken über diese Worte. Mir war egal, ob ich starb, oder wann. Solange ich bis dahin bei ihr war.

»Aber mir ist es nicht egal! Weißt du eigentlich, was du mir angetan hast?« Tränen stiegen ihr in die vollkommenen Augen. Ich schüttelte leicht den Kopf und drückte mein Gesicht gegen ihre Schulter. »Ich habe mir nie was aus Menschenleben gemacht. Aber du hast meine ganze Welt auf den Kopf gestellt! Nur deinetwegen fange ich an, mir um jemand anderen Sorgen zu machen. Ich habe noch nie jemanden so geliebt, wie ich dich liebe. Warum bist du nicht einfach geflohen?«

»Wäre dir das denn lieber gewesen?«, fragte ich traurig.

»Nein!« Sie stockte. »Nein ... ich meine, ja, aber ich darf dich nicht verlieren! Du bist sterblich. Ich werde noch Jahrhunderte ohne dich existieren. Wie soll ich ohne dich weiterleben, wenn du weg bist?« Ihre Stimme brach. Ich wusste nicht, was ich sagen sollte. Wenn ich mir vorstellte, ohne Zara weiterleben zu müssen ... ich würde verrückt werden.

»Jetzt verstehst du es«, flüsterte sie leise. Ich nickte. Sie legte ihren Arm auf meine Schulter und drückte meinen Kopf fester an sich. Ich atmete ihren Duft ein, spürte, wie sie mir einen Kuss auf die Haare gab, und schloss die Augen. Mir gefiel der Gedanke nicht, dass sie sich von jemand anderem ernähren würde. Aber ich verstand auch, dass sie das Risiko nicht eingehen wollte, mich zu töten. *Endgültig.*

Ich hob den Kopf und nahm ihr Gesicht in meine Hände. Unbewusst biss ich mir auf die Unterlippe. Ich spürte das bekannte Verlangen, doch es kam nicht von mir, sondern von ihr. Sie wollte mich. Ich schloss die Augen und spürte ihren Kuss auf meinen Lippen. Zärtlich verlangte ich mit meiner Zunge Einlass in ihren Mund, während ich ihre Hand auf meiner Brust spürte. Ich stöhnte leise. Sie wusste ganz genau, wie sie mich berühren musste, um mein Feuer zu entfachen. Auch wenn es nicht nötig gewesen wäre, denn ich wollte sie genauso sehr.

Irgendwann gegen Ende des Tages standen wir auf. Ich ließ meinen Blick durch ihr Zimmer schweifen, bis er durch das Fenster aufs Meer fiel. Der Sonnenuntergang färbte den Himmel in ein sattes Rot.

›*Ich möchte da so gerne einmal hin*‹, hörte ich Zaras Gedanken. Sie war meinem Blick gefolgt.

»Du hast das Hotelgelände noch nie verlassen?«, fragte ich erstaunt. Sie schüttelte den Kopf.

»Du musst mir unbedingt mal davon erzählen«, meinte sie verträumt. »Ich bin an diesen Ort gebunden. Wir sind darauf angewiesen, dass die Menschen zu uns kommen. Wir dürfen sie außerhalb nicht jagen.« Ich nickte.

»Lass uns zum Pool gehen«, schlug ich vor. Sie zögerte. »Was ist?«

»Du solltest das Zimmer heute nicht mehr verlassen. In ein paar Stunden findet unsere Mahlzeit statt«, sagte sie vorsichtig. Heute Morgen hatten wir bereits darüber diskutiert. Ich atmete tief durch, versuchte, den Knoten in meinem Bauch zu ignorieren, und nickte. Sie würde mir nichts tun, aber sie konnte mich nicht vor den anderen beschützen. Sie würden nicht darauf achtgeben, wen sie fraßen. Am sichersten war es für mich, bis morgen Abend im Zimmer zu bleiben. Wenn die anderen keinen Hunger mehr hatten, stellten sie für mich keine Gefahr dar. Sie wussten, dass Zara denjenigen bestrafen würde, der versuchte, mir zu schaden. Sie wollte mich vollständig besitzen, und das gefiel mir, denn ich wollte sie ebenfalls für mich haben.

»Keine Frauen«, sagte ich plötzlich.

»Was?« Sie schaute mich verwirrt an. Dann begriff sie und lachte. »Ich suche mir einen alten, unattraktiven Mann aus, okay?«

»Den unattraktivsten, den du finden kannst, verstanden?« Ich versuchte zu schmollen, musste aber trotzdem grinsen. Sie nickte.

»Versprochen.« Sie schaute mich an und griff nach meinen Händen. Ich fühlte mich etwas besser, auch wenn ich ein Verlangen in ihr spürte, das nicht mich meinte. Es war ihr Hunger.

Sie versuchte, von sich abzulenken, als mein Magenknurren den Raum füllte.

»Willst du nicht langsam mal was essen?« Ich schüttelte leicht den Kopf. »Du hast seit Tagen kaum was zu dir genommen.« Sie schaute mich besorgt an. Ich konnte einfach nichts runterbringen. Ich wusste nicht, warum, aber mein Körper fühlte sich so fremd an, wenn ich nicht mit ihr im Bett lag. Als würde etwas in mir vorgehen, das ich nicht verstehen konnte.

›Dein Körper wehrt sich gegen mich, nur deine Seele ist an mich gebunden‹, antwortete Zara mir unfreiwillig. Sie sprach es nicht aus, der Gedanke kam ihr unvermittelt.

»Ist mir egal!«, antwortete ich trotzig.

»Ich werde dir was vom Buffet holen, warte hier.« Dann ging sie, ohne auf meinen Protest zu hören, und verließ das Zimmer. Plötzlich kam ich mir so verloren vor. Mir war eiskalt – ich erschauerte und rieb mir die Arme. Dann schaute ich wieder aus dem Fenster und sah im Halbdunkel jemanden vorbeihuschen. Ich runzelte die Stirn. Dieser Bereich war von außen nicht zugänglich. Zumindest nicht für Besucher, und Angestellte nutzen diesen Weg nie.

»Was ist los?«

Ich zuckte zusammen. Zara stand hinter mir. Ich hatte sie nicht hereinkommen hören.

»Nichts, ich dachte nur, ich hätte jemanden gesehen.«

»Jetzt iss was. Komm schon!« Sie sah mich an und hielt mir einen Teller hin. Dort lag ein deftiges Steak, auf Bohnen gebettet und von Pommes umrandet. Ich roch den Duft, mir floss das Wasser im Mund zusammen, aber ich spürte eine Übelkeit in mir aufsteigen, die mir deutlich machte, dass ich nichts essen konnte.

»Wenigstens ein bisschen«, flehte Zara. Ich nickte. Wir setzten uns an den Tisch und sie sah mir dabei zu, wie ich in dem Essen stocherte. Schließlich aß ich ihr zuliebe die Hälfte. Ich fühlte mich etwas besser, nicht mehr so kraftlos, aber Appetit hatte ich keinen.

Sie seufzte und stand auf.

»Ich komme gleich wieder.« Erneut nickte ich. Als sie die Tür geschlossen hatte, hörte ich ein Klopfen am Fenster. Draußen war es mittlerweile dunkel geworden. Unsicher machte ich ein paar Schritte auf das Fenster zu, doch als ich hinausschaute, war dort niemand. *Seltsam.* Dieses Mal hörte ich Zara zurückkommen.

»Was hast du heute nur mit diesem Fenster?«, fragte sie belustigt. Ich spürte ihre Nervosität, ihre Aufregung. Bald war es soweit. Ich wusste, dass die Türen schon verschlossen waren. Mir wurde mulmig. Verschwommen erinnerte ich mich an meine Nacht hier, als Jagdsaison gewesen war. Ich schluckte schwer.

»Ich werde die Tür abschließen, okay? Nur damit keiner reinkommen kann«, sagte sie leise. »Ich habe Angst um dich.« Ich nickte. Es war vermutlich besser so. »Also gut. Es geht gleich los.« Sie kam zu mir, küsste mich auf die Stirn und trat wieder einen Schritt zurück. »Ich werde morgen früh wieder bei dir sein, versprochen.«

»Was? Warum erst morgen?«, fragte ich verunsichert.

»Ich will kein Risiko eingehen, dass ich dir wehtue, wenn ich einmal im Jagdfieber bin.« Sie wich meinem Blick aus. Ich wollte nicht so lange von ihr getrennt sein. Widerwillig nickte ich. Ich sah ihr nach, wie sie das Zimmer verließ, und hörte das Schloss, als sie die Tür verriegelte. Verloren setzte ich mich aufs Bett. Ich starrte die Wand an. Plötzlich hörte ich Schreie. Es hatte angefangen. Mir wurde schlecht. Ich wusste, sie würden wieder leben und morgen früh aufwachen, aber ich kannte ihre Angst. Den Schmerz, wenn man gefressen wurde. Ich hielt mir die Ohren zu – ich konnte das nicht ertragen.

Plötzlich fiel mein Blick auf den Koffer, den ich mitgebracht hatte. Er lag in der Ecke, wo ich ihn achtlos hatte liegen lassen, nachdem Zara ihn wiedergefunden hatte.

Ich öffnete ihn, in der Hoffnung, etwas zu finden, das mich ablenken würde. Beim Wühlen fühlte ich etwas Kaltes und zog es heraus. Es war mein Smartphone. Irgendwie hatte ich vergessen, dass ich überhaupt eins hatte. Ich brauchte hier keins. Warum auch? Zara war ja hier.

Ich wollte Musik hören, um die Schreie um mich herum auszublenden, und steckte das Handy ans Ladekabel. Es dauerte ewig, bis ich es einschalten konnte. Als ich es entsperrt hatte, hörte es gar nicht mehr auf zu klingeln. Eine SMS nach der anderen kam herein, so viele, dass ich verwundert das Display anstarrte. Es waren alles Mailboxbenachrichtigungen.

›Dreiundvierzig Anrufe in Abwesenheit von Meike‹ – ich legte den Kopf schief. *Meike.* Der Name kam mir vertraut vor, aber ich wusste nicht, woher. Warum versuchte sie so dringend, mich zu erreichen? Ich konnte mich an mein Leben außerhalb des Hotels nicht mehr erinnern – es war mir auch egal, solange Zara da war. Aber jetzt war sie nicht hier. Sollte ich die Nachrichten abhören?

›Nein!‹, hörte ich Zara plötzlich laut in meinem Kopf. Ihre Stimme klang verzerrt, als versuche sie, durch einen Sturm mit mir zu sprechen. Ich spürte etwas Animalisches. Sie war nicht sie selbst, aber sie spürte, dass ich etwas tat, das ihr nicht gefallen würde. ›Leg bitte das Handy weg‹, bat sie angespannt. Ich gehorchte. *Warum wollte ich das Handy noch gleich haben?*, fragte ich mich plötzlich. Ich legte es zurück in den Koffer und verschloss ihn. Mein Blick blieb an den Teddybären hängen, die auf der Schale abgebildet waren. Ich verlor mich darin ... Mein Verstand versuchte, mir etwas mitzuteilen, das spürte ich. Es wurde immer stärker.

*Ich muss zu ihr*, schoss es mir durch den Kopf. *Sie ist schon zu lange weg.* Ich lief zur Tür, natürlich war sie noch verschlossen. Ich hämmerte gegen sie, vergaß alles um mich herum.

»Zara!«, schrie ich. »Zara, komm zu mir!« Ich spürte heiße Tränen über meine Wangen rollen. »Was passiert mit mir?«, flüsterte ich in den leeren Raum hinein. Ich beschloss, dass ich zu ihr gehen musste. Durch das Fenster kletterte ich nach draußen und atmete die kühle Abendluft ein. Dann suchte ich nach einem Eingang, der nicht verschlossen war. *Komisch*, dachte ich, *sie wollen alle drin behalten, doch mich haben sie ausgeschlossen.*

Ich fand durch ein anderes Fenster einen Weg zurück ins Gebäude. Es war die Küche, die nicht für Besucher zugänglich war, nicht einmal in der Nacht der Jagd. Deshalb waren die Sicherheitsvorkehrungen hier nicht so streng. Ich brauchte nicht lange zu überlegen, wo ich suchen sollte, spürte genau wohin ich gehen musste.

Die Menschen um mich herum ignorierte ich. Sie rannten panisch in alle Richtungen, zerrten an den Türen, versuchten, die Scheiben einzuschlagen, oder wollten sich verstecken. Zwei von Zaras Artgenossen starrten mich hungrig an, doch sie wussten, dass sie sich besser jemand anderen suchten. Es kostete sie viel Überwindung, sich von mir abzuwenden. Schließlich fand ich sie. Sie war im Begriff, sich ihre Beute zu holen, als sie mich sah.

»Verdammt, was machst du hier!?«, zischte sie mich an. Ihre Augen waren noch dunkler als sonst, ihre Körpersprache aggressiv. Sie ließ den Mann los, den sie am Arm gepackt hatte, und kam auf mich zu. »Du musst zurück aufs Zimmer!« Sie keuchte – ich spürte, wie sehr sie mich fressen wollte. Ich schloss die Augen.

»Tu es doch einfach«, flüsterte ich leise. Ich spürte schmerzhaft, wie viel Überwindung und Selbstkontrolle sie aufbringen musste, um meinem Wunsch nicht Folge zu leisten. Sie packte mich am Arm und zog mich hinter sich her. Ich wehrte mich nicht, folgte ihr. Als einer von *denen* auf uns zukam, den hungrigen Blick auf mich gerichtet, und versuchte, mich ihr wegzunehmen, zögerte sie nicht lange. Sie ließ mich los, packte ihn und schlug ihm so hart ins Gesicht, dass seine Nase brach. Er schrie vor Schmerz auf. »Das nächste Mal ist es dein Genick!« Er nickte, und als sie ihn losließ, rannte er weg, ohne mich noch einmal anzusehen.

»Jetzt weißt du, warum ich dich nicht hier haben will!«, fauchte sie, ihre Stimme wutverzerrt. Sie schloss mich in einer Abstellkammer ein.

Ich spürte, wie sie hinter der Tür stand und das Holz anstarrte, ehe sie ging.

Ich setzte mich auf den Boden und wartete.

Stunden später weckte mich eine Berührung. Es war Zara, die mich hochhob. Verwirrt öffnete ich die Augen.

»Zara?«, flüsterte ich leise.

»Ich bringe dich ins Bett, du bist jetzt sicher. Alle schlafen.« Ich nickte verträumt, spürte ihre alte Stärke. Wusste, sie war satt. *Satt von einem Fremden*, ging es mir durch den Kopf. Dann schlief ich wieder ein.

# Teil neun: Verzweiflung

*Warum hatte sie mir das angetan?*

Ich hatte mir nie etwas aus Menschenleben gemacht, sie waren Nahrung. Eine Notwendigkeit zum Überleben, nicht mehr. Es war ein Geben und Nehmen: Sie gewannen einen Wellnessurlaub, ohne Erinnerung an ihr Dasein als Mahlzeit, und wir bekamen ihre Lebensenergie für eine kurze Zeit geliehen. So, dass wir unsere Reserven auftanken konnten. Dass wir sie jagten, war einfach Teil des Rituals, war es schon immer gewesen.

Nur das lästige Aufräumen und das Löschen der Erinnerungen nervten etwas.

Niemals hätte ich mir eine Bindung mit einer Sterblichen ausgesucht. Das war riskant, denn es endete niemals gut. Für keinen von beiden. Aber jetzt war es zu spät. Ich hielt es kaum aus, von ihr getrennt zu sein. Es war schmerzhaft, wenn sie nicht da war. Und die Angst, sie zu verlieren – was unvermeidlich war –, machte mich schier verrückt. *Verdammte Scheiße!* Am liebsten hätte ich irgendetwas zerstört, um meinen Frust loszuwerden.

Ich wünschte mir, Elena wäre in der Nacht der Jagd im Zimmer geblieben. Ich hatte Angst um sie gehabt und nicht gewollt, dass sie sah, wie ich Nahrung zu mir nahm. Es hätte sie erschrecken können. Außerdem traute ich meinen Mitbewohnern nicht. Nicht mal, wenn sie satt waren, wollte ich sie in Elenas Nähe haben. Ich verstand auch, warum sie eifersüchtig war. Ich würde jedem den Hals umdrehen, der ihr zu nah kam. Allein der Gedanke machte mich rasend.

Elena wurde schwächer, und ich konnte nichts anderes tun, als zuzusehen. Ich konnte ihr nicht helfen, und das machte mich wahnsinnig. Sie lag neben mir, bleich und erschöpft, und schlief. Ich starrte die Decke an, unfähig, dem Strudel aus Schuld und Verzweiflung zu entkommen.

Ich zermarterte mir den Kopf, wie ich sie möglichst lange bei mir behalten, ihren Tod hinauszögern konnte. Die Zeit verstrich, und Dunkelheit breitete sich aus. Unweigerlich stellte ich mir die Frage, ob es nicht besser wäre, sie zu verlassen. Sie von diesem Albtraum zu befreien, auch wenn es bedeutete, mich selbst in den Abgrund zu stürzen. Der innere Kampf zerriss mich, während die Nacht fortschritt. Es wäre besser gewesen, sie mit ihrer Verlobten ziehen zu lassen, doch das hätte ohnehin nicht funktioniert. Wir waren nicht mehr in der Lage, uns zu trennen. Deshalb konnte ich nicht zulassen, dass sie sich erinnerte. Ich blockierte ihre Erinnerungen nicht bewusst, aber ich war froh, dass es passierte. Ich würde es nicht ertragen, müsste ich sie mir für die restliche Zeit, die ihr blieb, mit diesem *Menschenweib* teilen. Es würde nur zu Streitigkeiten führen. Zu Stress, den ich ihr nicht zumuten konnte. Dafür war ihr Körper schon jetzt zu geschwächt. Ich hatte uns an einen Pfad gefesselt, den ich nicht verlassen konnte. Egal, wie richtig es gewesen wäre, ich konnte nicht gehen.

Sie wachte langsam auf. Ich spürte, wie meine animalische Seite wach wurde, wie das Verlangen begann. *Warum war das nur so?* Ich verstand es wirklich nicht.

»Elena?«, fragte ich, um mich abzulenken. Sie sah kränklich aus, hatte Ringe unter den Augen, begann abzumagern.

»Hmm?« Verträumt rieb sie sich den Schlaf aus dem Gesicht. Sie war so niedlich. Ich musste lächeln. Sie ebenfalls – manchmal vergaß ich, dass sie mich denken hören konnte.

»Geht mir genauso«, sagte sie und schmunzelte mich verträumt an. Ich strich ihr zärtlich eine Strähne hinters Ohr und streichelte ihre Wange mit dem Daumen.

»Sollen wir zum Frühstück gehen?«, fragte ich vorsichtig. Sie stöhnte auf und sah mich frustriert an. »Du musst was essen, bitte!« Ich wusste, wie schwer es ihr fiel, aber sie würde mir sonst vor meinen Augen verhungern. Ich konnte das nicht ertragen. Was aber viel schlimmer war: Ich konnte es letztendlich nicht verhindern. Ihr Körper wehrte sich gegen unsere Verbindung.

Gegen *mich*.

Ich wusste, dass sie meine Verzweiflung spürte, meine Angst um sie. Deshalb war mir klar, dass sie nur meinetwegen zustimmte.

»Lass mich wenigstens noch wach werden.« Sie zog die Luft ein und sah mir tief in die Augen. So intensiv, dass ich hätte schwören können, ich würde in ihre Seele blicken. Anders als ihr Körper war diese so verrückt nach mir wie ich nach ihr. Ich spürte mein Herz klopfen, etwas, das ich zuvor nie gefühlt hatte. Nicht auf diese Weise.

»Iss erst was, okay?«, hauchte ich schwach. Mir wurde schon wieder schwummrig. Sie setzte sich auf mich, ich schloss meine Augen, und sie zog meinen Kopf zu sich. Sie hauchte mir einen sanften Kuss auf die Lippen, wanderte meinen Hals hinunter und ich spürte Hitze in mir aufsteigen. »Wirklich ...« Meine Stimme zitterte. Ich hatte nicht die Selbstbeherrschung, ihr zu widerstehen. »Du musst ...«

»Ich muss dich verwöhnen«, raunte sie mir ins Ohr und knabberte an meinem Ohrläppchen. »Ich will dich.« Ihre Stimme war rau, so verführerisch, dass ich vergaß, was ich eigentlich wollte. Ich spürte ihre Hand, ihre Berührung machte mich wahnsinnig vor Verlangen. Ein Ziehen im Bauch, eine Anspannung, die nur sie zu lösen vermochte. Die leidenschaftliche Seite an mir, die nur sie zu bändigen wusste.

»Okay«, flüsterte ich mit dünner Stimme. Ich hasste es, schwach zu sein, ich war stets die Starke, die wusste, was sie wollte und wie sie es bekam. Aber wenn ich bei Elena war, wurde ich wie Wachs in ihren Händen. Ich konnte nicht anders, als das zu tun, was sie glücklich machte.

# Teil zehn: Verloren

Die Verbindung zwischen uns schien ihre eigenen Regeln zu haben, und ich fühlte mich wie eine Gefangene in meinem eigenen Dasein. Trotz meines Flehens konnte Elena sich nicht mehr gegen ihren Körper wehren. Ich hätte sie am liebsten gezwungen zu essen, irgendetwas zu sich zu nehmen. Doch selbst wenn es mir gelungen wäre – ihr Körper kämpfte gegen unsere unheilvolle Verbindung an. Es – nein, *ich* war wider die Natur. *Ich* war ihr natürlicher Feind.

»Genieß doch bitte einfach unsere gemeinsame Zeit«, bat sie mich schwach, ihre Stimme kaum mehr als ein Flüstern, aber dennoch voller Willenskraft.

»Sie reicht mir aber nicht!« Tränen brannten mir in den Augen und ich versuchte, sie wegzublinzeln. Ich wollte das Unvermeidliche nicht wahrhaben. Wir hatten doch nur so wenig Zeit gehabt!

*Wie sollte ich ohne sie weiterleben?*

»Versprich mir, dass du es versuchst.« Ihre Augen blickten bis in meine dunkle, verdorbene Seele.

»Du bist nicht verdorben!«, widersprach sie. Warum musste sie *alles* hören? »Du bist perfekt, genau so, wie du bist. Du musst versprechen, dass du dich nicht aufgibst!«

»Wie könnte ich das? Wie soll ich eine halbe Ewigkeit – und das meine ich wörtlich! – weiterleben, wenn ich weiß, dass das Einzige auf der Welt, das mir wichtig ist, meinetwegen aufgehört hat zu existieren?« Meine Stimme brach. Ich kannte diese gefühlsduselige Seite an mir nicht und hasste mich dafür. Aber ich liebte Elena.

»Kennst du den Refrain aus dem Lied ›Try‹ von P!nk?«, fragte sie mich plötzlich. Ich nickte und nahm ihr Gesicht in meine Hände.

»Du meinst, in dem sie darüber singt, dass man sich am Verlangen verbrennen kann? Ist es das, was du mir sagen willst? Dass ich verbrenne?« Ich versuchte, mir die Tränen aus den Augen zu blinzeln. »Du bist die Flamme, die mich verbrannt hat«, flüsterte ich leise und lächelte schwach unter den Tränen, die ich nicht mehr zurückhalten konnte.

»Nein, nur weil es schmerzhaft ist, heißt es nicht, dass du sterben wirst! Du musst es für mich versuchen«, sagte sie schwach. »Versprich es mir!«

Ich schüttelte den Kopf. »Ich kann es nicht! Warum hast du keine Angst?«

»Weil ich geliebt habe und weil du da bist. Was könnte wichtiger sein als das?« Ihre Augen verloren bereits an Glanz.

»Bitte, du darfst mich nicht verlassen!«, flehte ich unter Tränen. »Lass mich nicht alleine!« Ich zog sie auf meinen Schoß und bettete ihren Kopf in meine Arme.

»Ich lasse dich nicht alleine. Ich werde immer bei dir sein.« Sie sah mit ihren rehbraunen Augen zu mir herauf. In ihnen schimmerten Tränen, doch anders als bei mir leuchteten sie vor Sehnsucht, nicht vor Trauer. Oder Angst.

»Du hast recht, ich will nicht sterben, aber ich fürchte mich auch nicht. Ich werde wiederkommen. Meine Seele wird dich finden, wenn auch in einem anderen Körper. Deshalb *verlange* ich jetzt von dir, dass du auf mich wartest. Du wirst es schaffen. Ich weiß es.«

Ich konnte nur den Kopf schütteln, merkte, wie sich mein Blick immer mehr verschleierte. Ich hörte nicht auf zu flehen. Doch es änderte nichts. Ihre Lebensenergie zerrann wie Sand zwischen meinen Fingern. Ich spürte, wie sie weniger wurde. Wie eine Kerze, deren Flamme immer schwächer wurde und deren Schein letztendlich verlöschen würde.

»Küss mich«, bat sie mit letzter Kraft. Und ich tat, was ich immer in ihrer Gegenwart getan hatte.

Ich gehorchte. Ich küsste sie und spürte, wie der letzte Hauch Seele ihren Körper verließ.

»Nein!«, schrie ich in die Nacht hinaus. »Bitte nicht!« Ich brüllte, ließ meinen Tränen freien Lauf, während ich sie immer weiter in meinen Armen wiegte. Ich konnte nicht aufhören, ihr über die Haare zu streichen.

Plötzlich spürte ich eine menschliche Anwesenheit. Verwirrt hob ich den Kopf. Den Blick verschleiert, sah ich vor mir nur einen undeutlichen Umriss.

»Elena?« Ich hatte die irrationale Hoffnung, dass sie es sein könnte.

»Was hast du ihr angetan?!« Ich wischte mir mit einer Hand über die Augen. Ich erkannte sie nicht. »Du hast sie umgebracht!« Jetzt verstand ich, dass es ihre Verlobte sein musste.

»Verschwinde!«, rief ich. »Lass uns allein!« Meine Gedanken waren so wirr, dass ich keinen einzigen klar fassen konnte. Sie wollte mich von ihr wegzerren, doch ich ließ nicht los. Ich schubste sie weg, beugte mich über Elena, als könnte ich sie noch beschützen. Als wäre sie nicht schon für immer verloren.

»Du Schlampe hast sie getötet!«, schrie sie mich an. Sie hatte sich vor mir aufgebaut. Ich spürte meine dämonische Seite aufwallen, kochend heiß und nach Rache dürstend. Ich konnte es kaum ertragen, mit diesem Gedanken zu leben. Dass sie ihn laut aussprach, machte es noch schlimmer. Immer heftiger brannte das Feuer in meiner Brust, das danach verlangte, mich zu rächen. Am Universum, Schicksal, wie man es auch nennen wollte. Dieses Schicksal war so grausam zu uns gewesen. *Zu Elena.*

Ich blickte zu Meike auf, die mich noch immer anstarrte. Schock und Unglaube standen ihr ins Gesicht geschrieben. Sie holte aus und schlug mich. Das war der letzte Tropfen, der das Fass zum Überlaufen brachte. Ich sprang auf und packte sie, wollte ihr den Hals umdrehen.

*Sie hatte hier nichts zu suchen! Ich hatte meine Elena unwiederbringlich verloren!*

›Nein!‹ Plötzlich strich Elenas Stimme durch meine Gedanken. Ich erstarrte. Wie konnte das sein?

›*Elena?*‹ Ich hielt diese Frau noch immer an den Schultern gepackt in der Luft.

›*Lass sie los. Versprich mir, dass du so bleibst, wie ich dich gekannt habe*‹, flehte ihre Stimme tief in meinem Kopf.

›*Wo bist du?*‹

›*Auf dem Weg, meinen Frieden zu finden. Aber meine Seele musste sich noch von dir verabschieden.*‹

›*Verlass mich nicht! Ich halte es ohne dich nicht aus!*‹

›Lass sie runter, sie trifft keine Schuld‹, hauchte ihre Stimme sanft. Wie eine Frühlingsbrise durchstreifte sie meine Gedanken.

›Du hast recht. Es ist meine Schuld!‹ Ich ließ sie herunter. Wir starrten uns eine Weile an.

›NEIN!‹, brüllte Elenas Stimme plötzlich wie ein Orkan. Sie wusste, was ich vorhatte. ›Tu das nicht! Du hast versprochen, dass du es versuchst!‹

»Ich habe nichts versprochen. Verstehst du denn nicht – ich kann nicht ohne dich weiterleben! Der Liedtext stimmt nicht. Ich verbrenne an dem Feuer, ich werde sterben. Ich *muss* sterben!«, schrie ich. Meike starrte mich so verwirrt an, als hätte ich den Verstand verloren. Ich ließ sie los, drehte mich um und holte den Dolch, den ich im Schrank aufbewahrte.

»Du hast recht, Meike. Ich bin schuld daran, dass sie tot ist. Ich habe sie umgebracht. Du hast jedes Recht, mich töten zu wollen. Ich werde mich nicht wehren!« Ich überreichte ihr das Messer mit den Verzierungen in der Klinge. Mit tränenverschmiertem Gesicht starrte ich sie herausfordernd an. »Los – mach schon!« Ich kniete mich vor sie, flehte sie an.

»Nein.« Sie starrte voller Hass auf mich herab. »Du hast es verdient, ohne sie leben zu müssen.« Ihre Stimme war heiser, hörte sich genauso an, wie ich mich fühlte – ausgelaugt. »Ich werde dich nicht von deinem Elend erlösen!« Sie warf den Dolch vor mir auf den Boden. »Wenn, dann wirst du es selbst tun müssen.« Mit diesen Worten drehte sie mir den Rücken zu und ging. Ich wusste nicht, wo sie hergekommen war. Ich hasste sie, hatte sie verjagen wollen, aber jetzt wünschte ich mir, sie würde zurückkommen.

›Zara, tu es nicht. Bitte!‹ Elenas Stimme wehte durch meine Gedanken.

»Du hast versprochen, dass du mich nicht zerstören wirst! Dass du mich nicht verlässt!«, schrie ich weinend und trotzig in die Nacht hinaus.

## Triggerwarnungen:

Mögliche Trigger sind:

- explizit sexuelle Inhalte
- Verlust und Tod

Ich wünsche allen viel Vergnügen beim Lesen!